AF299604

LETTRE

A M. LE BARON MOUNIER, SUR LA CENSURE;

LETTRE DE J. J. ROUSSEAU
à M. le Comte de GIRARDIN, sur la Destitution de
ce dernier.

RÉFLEXIONS

SUR L'ÉTAT DU CHRISTIANISME EN FRANCE.

Par M. KÉRATRY, du Finistère.

A PARIS,

Chez
{
BELIN, Lib., rue des Mathurins-St.-J. n°. 14,
MARADAN, Lib., rue des Marais F. S. G., n°. 16,
DELAUNAY, } Lib., au Palais Royal.
PELICIER, }
LEROY, Lib., passage Beaujolais, rue de
Richelieu, n°. 52.
}

1820.

LETTRE

à Monsieur le Baron MOUNIER,

Conseiller d'État, Directeur général de la police du royaume,

SUR LA CENSURE.

Monsieur le baron,

Le sujet qui va m'occuper, dans cette lettre, est aussi important qu'il est délicat, et c'est par cette raison-là même que je me félicite de le traiter avec vous. On aplanit plus d'affaires en un quart-d'heure, quand elles se discutent entre gens honnêtes et bien intentionnés, quand de part et d'autre on y apporte de la loyauté et de la franchise, qu'on ne parviendrait à le faire en deux jours, lorsque la conversation se passe entre des personnes méticuleuses, ou qui sont plus occupées à s'étudier qu'à s'entendre. Je n'ai rien de pareil à craindre avec vous. J'ai eu l'honneur de vous voir deux ou trois fois : c'est assez pour justifier ma confiance, et j'ose me flatter, dans votre intérêt même, que vous ne mettrez pas ma science d'observation en défaut. Quant à moi, on m'a bientôt vu : je ne laisse rien à deviner ; cela est peut-être fâcheux pour les gens pénétrans, ou qui ont la prétention de l'être : car c'est une ruse dont on ne s'avise pas tous les jours avec eux, et qui a déconcerté plus de projets qu'une profonde politique.

Vos momens sont précieux, je serai court ; c'est pour abréger encore que j'imprime ma lettre. Le premier motif qui m'y détermine, c'est que je suis plus sûr que vous la lirez; le second, c'est que vous me ferez moins attendre, si vous prenez la peine de me répondre, et comme je n'ai l'honneur, ni d'être préfet, ni d'être salarié, je suis encore certain que j'obtiendrai de votre bienveillance, non une réponse de fait, comme celle qui a été adressée à mon estimable collègue, M. le comte de Girardin , mais une réponse de raison, ce qui n'est pas tout-à-fait à l'ordre du jour. Il serait injuste de vous imputer ce qui est arrivé à l'orateur , dont le nom s'est placé sous ma plume. Il s'est cru obligé de parler à la tribune : on lui a répliqué dans le Moniteur ; ce sont là des actes d'administration générale qui appartiennent à tous et que personne ne revendique. Le droit du gouvernement est incontestable. Tout ce qu'il est permis d'en conclure, c'est que , MM. les ministres confondant le député et le fonctionnaire , l'homme du peuple et celui du pouvoir, ce dernier doit primer l'autre, et que, de cet accouplement, il résulte un métis à face populaire, mais qui, intérieurement conformé pour l'autorité, lui appartient de plein droit : cela est dans l'ordre des générations équivoques.

Venons à l'objet principal de cette lettre , à cette censure qui entre plus directement dans vos attributions. Comme je crois qu'elle ne répond pas tout-à-fait à l'idée que M. le ministre des affaires étrangères avait essayé de nous en donner , je pense qu'il est bon d'éclairer votre religion à ce sujet. J'étais bien persuadé qu'en travaillant à prévenir les écarts des écrivains , on ne se fût pas borné à leur tracer des règles d'urbanité ; mais, franchement , je ne croyais pas qu'on leur eût donné aussi promptement des leçons de silence. Je doute qu'il fût permis aujourd'hui de faire des extraits des excellens écrits de monsieur votre père , que j'ai eu l'honneur de connaître dans ma ville natale, où il a laissé un touchant souvenir de son amour pour son pays et pour la liberté publique ; je doute, dis-je, que votre commission de la rue des St.-Pères, pour peu qu'elle fût conséquente à elle-même, laissât insérer de tels fragmens dans le *Courrier Français*.

Dois-je après cela m'étonner que des articles destinés, par moi, au même journal, aient été repoussés ? Ces articles, il est vrai, ne sont pas dans le sens du ministère :

mais c'est par cela même que je prétends les publier. La marche que suit le pouvoir est fausse, est erronée. Je dois le dire au public, puisque ma conscience me l'a dit auparavant avec une force, qu'en dépit de toutes les mesures préventives, je voudrais faire passer dans mes paroles. « Avec de tels sentimens, me direz-vous, que ne montez-vous à la tribune? » à cela je répondrai que plusieurs de mes collègues s'en acquittent peut-être mieux qu'on ne le souhaiterait. Là ils sont à leur place : je prends ailleurs la mienne. Quand mes concitoyens ont arrêté sur moi leur confiance, ils m'ont choisi avec mes défauts et mes qualités, avec mon dévouement sincère à mon pays et mes faibles moyens de le servir. Je leur dois compte de ces derniers qui m'ont mérité plus d'une fois l'indulgence du public : j'écris.

Je ne juge pas les intentions; ce droit n'appartient qu'à celui qui nous jugera tous ; mais il est démontré à ma raison qu'abusé, sans doute, lui-même, le gouvernement trompe le roi. Voilà ce que je prétends prouver avec les égards dus à des personnes qui, prises isolément, méritent sans doute toute ma considération. Si je suis dans l'erreur, il m'arrivera de deux choses l'une : ou mes paroles iront mourir dans cet oubli qui a déjà dévoré tant de sots discours et tant de sottes opinions ; ou l'on me répondra, et si on le fait d'une manière convaincante, je le déclare à la face du Ciel, j'abjure mon erreur et j'apporte au ministère le tribut de mes efforts, tribut bien léger à la vérité, mais qu'on n'est pas encore dans une situation à dédaigner absolument. L'autel n'est pas paré de si riches offrandes, que l'on ait le droit de se montrer trop difficile sur celles qu'y viendra déposer une piété modeste.

Ni le sarcasme piquant, ni l'ironie amère ne sont placés sur mes lèvres. Je ne demande qu'à raisonner, monsieur le baron. Est-ce que cela ne se peut plus en France? Est-ce que par hasard votre nouvelle loi s'y opposerait?

En ce cas, elle aurait bien promptement passé les craintes des amis de la liberté légale et les espérances de ses ennemis. Daignez éclaircir mes doutes : je ne vous ferai pas l'injure de croire que vous approuviez les envahissemens des missionnaires et des pères de la foi ; j'irai même jusqu'à penser que les déplorables effets de leur zèle ne vous échappent pas. Vous savez, comme moi, que, d'une part, faisant fort peu de nouveaux prosélites, ils exaltent le zèle des anciens d'une manière alarmante, et que, de l'autre, là où ils n'ont pas excité des dissentimens funestes, ils ont laissé, dans les esprits, des inquiétudes dont ne peut s'enrichir ce domaine d'amour et de respect que la patrie doit aux Bourbons. Je dis plus : la direction présente du culte, dans ses actes et dans les opinions anti-nationales qu'il émet par la bouche de ses ministres, est d'autant plus pernicieuse, qu'on la croit émanée du gouvernement lui-même. Il est important, très-important de redresser cette direction. Voilà ce que j'avais entrepris au moyen de plusieurs articles insérés depuis deux mois dans le *Courrier Français*, et qui avaient obtenu le suffrage d'une religion éclairée. Votre censure a repoussé la continuation de ce travail.

Le clergé de France ôte au gouvernement du roi toute la force qu'il lui emprunte ; ils s'affaiblissent l'un par l'autre, parce qu'ils ont changé de destination. Nos hommes d'Etat et nos Princes font de la religion ; nos prêtres font de la politique : c'est le moyen qu'il n'y ait bientôt, dans l'État, ni religion, ni politique.

Monsieur le baron, dans tout cela, il n'y a rien de gai pour un cœur français. Je n'ai pas le courage de rire, et je chasse, comme de mauvaises pensées, les plaisanteries qui se présentent en foule sous ma plume. Je traiterai toujours gravement les choses graves. Les idées religieuses ne sont pas, pour moi, des idées de convention ou même de simples institutions sociales ; on le sait : pourquoi donc ne pas me laisser le dire? Est-ce parce que j'ai de la religion qu'on ne veut pas que j'en parle? Je suis un bien terrible argumentateur, si, dans tout le clergé de France, il ne se trouve pas un athlète pour entrer en lice avec moi! Sans parler de mon honorable collègue en législature et en philosophie, M. de Bonald, dont j'ai loué plus d'une fois le talent, sans en adopter le produit, est-ce que vous n'avez pas monsieur l'abbé de La Menais? En vérité, vos censeurs finiront par me donner de l'amour-propre.

Quoi qu'il en soit, comme je ne crois pas que biffer avec de l'encre rouge soit répondre, j'ai l'honneur de vous prévenir que, jusqu'à nouvel ordre de votre part, je suis décidé à publier, hors le *Courrier français*, qui importune beaucoup de gens à ce qu'il paraît, celles de mes opinions, que votre commission obséquieuse aura refusé d'y admettre. Je les livrerai au public qui jugera entre nous. N'ayant jamais cherché à me mettre à couvert, parce que je n'ai jamais entendu rien commettre impunément de répréhensible, je prends cette publicité, donnée à mes écrits, sous ma responsabilité de simple citoyen français, non moins dévoué à son Roi qu'aux institutions constitutionnelles. Je n'ai pas besoin de couvrir du titre de député ce que mon cœur et ma pensée avouent. Les tribunaux sont là : je n'en décline aucun ; toujours prêt à comparaître devant celui de l'opinion publique, où M. votre père a gagné un beau procès qui illustre sa mémoire, je me défendrai encore, s'il le faut, M. le baron, devant un simple tribunal de police correctionnelle ; mais j'y comparaîtrai en personne et avec la conscience d'un sincère ami de la monarchie. Soumis aux lois, même à ce qui n'en a que la forme, dès qu'on l'exige, je me renfermerai dans de courtes brochures, jusqu'à ce que l'on en veuille de plus volumineuses, et s'il en faut de ce dernier calibre, j'y appliquerai mes bonnes intentions. Malheureusement le pouvoir m'épargnera la moitié de la besogne., car, pour avoir créé des censeurs, il est loin de s'être mis à l'abri de la censure.

Avant de terminer cette lettre, qui vous semblera peut-être plus longue à lire que je ne l'ai trouvée à écrire, je ne saurais me dispenser de remarquer, comme la chose la plus étrange, qu'ayant été outragé avec deux de mes honorables collègues (1), dans nos feuilles publiques, je n'aie pu faire admettre ma réponse dans le *Courrier français*. D'honneur, c'est nous donner un peu trop ce qu'avait promis un de nos ministres à la chambre des pairs. La réplique a été toujours de droit naturel. Je vous ai fait tout à l'heure le sacrifice de mes prérogatives de député ; je serais tenté de croire, monsieur le baron, qu'en cela je ne me suis pas montré très-généreux, puisqu'un député du peuple français n'a pas même le droit de justification dans les feuilles qui vous sont soumises. Si c'est avec cela que l'on fait du gouvernement représentatif en France, il me sera bientôt prouvé qu'on ne l'a jamais sincèrement voulu, mais qu'on trouve commode d'obtenir de gros subsides ; en rassemblant les mandataires de la nation comme les pièces d'une machine propre à battre monnaie et dont on disperse ensuite les débris.

J'ai l'honneur d'être, monsieur le baron, avec une considération aussi respectueuse que distinguée,

Votre très-humble serviteur.

KÉRATRY (*député du Finistère*).

Paris, le 12 avril 1820.

AVIS SUR LA LETTRE SUIVANTE.

Nous n'ignorons pas qu'il y a quelque hardiesse à écrire au nom d'un grand homme et à prêter son propre langage aux premiers écrivains de la langue française. Cette témérité a été quelquefois heureuse ; sans nous flatter d'acquérir à la nôtre cet avantage, au moins aurons-nous quelques droits à l'indulgence du public, en lui

(1) MM. de La Fayette et d'Argenson.

(9)

faisant deux déclarations : la première, c'est que nous n'avons regardé notre composition que comme un cadre moins usé que tout autre, où nous pussions énoncer quelques vérités utiles, quoique d'un aspect fâcheux, sur notre position constitutionnelle ; la seconde probablement est superflue, et toutefois, nous ne saurions nous dispenser de dire au lecteur, que nous avons mis dans la bouche de Jean-Jacques, non tout ce qu'il eût dit à son ancien élève, non tout ce que nous eussions souhaité dire nous-mêmes en pareille circonstance, mais ce que nous présumions devoir être épargné par l'encre rouge de la censure.

Lettre de J. J. Rousseau à M. le Cte. de Girardin, sur la destitution de ce dernier.

Il y aura bientôt cinquante ans que j'adressai, à un ministre disgracié, une lettre qui fit sur les esprits une impression dont je fus tenté de ne pas féliciter les Français, par la raison même que ce succès dénotait des oreilles peu familiarisées avec le langage de la vérité et de l'amour de la patrie. Aujourd'hui, mon cher Stanislas, je serai, je l'espère, plus heureux en m'entretenant avec le préfet destitué ; car j'imagine qu'il s'est opéré quelques changemens dans cette France toujours chère à mon cœur, malgré la sévérité avec laquelle j'en ai été plus d'une fois traité ; (mais dois-je m'en plaindre, quand je songe à ce qui m'attendait dans ma propre patrie ?) J'imagine, dis-je, que mes paroles, trouvant cette fois des cœurs et des esprits mûrs pour les recevoir, ne se produiront pas dans le public avec cette forme presque étrangère, qui, comme ma triste personne, provoquait jadis l'étonnement au défaut de murmures et d'invectives ; c'est donc le pauvre citoyen de Genève qui va s'entretenir avec un citoyen français ; j'espère qu'ils sont faits pour s'entendre.

Et d'abord, mon cher Stanislas, il faut que je vous demande si vous vous souvenez un peu de cet ours de Jean - Jacques, qui vous a tenu quelquefois sur ses genoux, qui, comme un vieux radoteur, avec ses herbes et ses simples, dès votre âge le plus tendre, voulut vous inspirer quelque goût pour la botanique, seule ressource contre des chagrins amers que ses ennemis lui eussent laissée à lui-même. Est-ce par une sorte de prévision que je cherchais à vous ménager le même délassement ? Je ne sais ; mais ce qu'il y a de certain, c'est qu'il m'était agréable de parler avec des fleurs à un enfant que je pressentais devoir être homme un jour. J'avais entrevu, dans l'avenir, la noble fermeté de votre caractère et je ne craignais pas de l'amollir, en vous familiarisant avec le spectacle des dons les plus gracieux de la nature. Aux âmes fortes il faut des études douces ; aux esprits faibles , des exemples de courage et d'énergie ; aux uns ma Flore et mes lettres à la duchesse de Portland ; aux autres Montaigne et Plutarque.

Vous avez donc été préfet, mon cher Stanislas ; c'est trop tôt et trop tard. Si je ne me trompe sur ce qui s'est passé en France dans ces vingt dernières années, il y a dix ans que vous eussiez pu empêcher du mal et faire beaucoup de bien ; aujourd'hui l'un vous était aussi difficile que l'autre. Digne héritier de Henri IV , votre bon Roi veut le bonheur de l'État confié par la Providence à ses soins : mais il est presque dans la situation où vous étiez vous-même par les obstacles qui traversent de toutes parts ses désirs. Vous parlez tous de la patrie ; dites que vous la cherchez, et croyez que vous ne la trouverez que lorsque la sainte voix de la vertu aura fait taire celle de l'intérêt personnel. Après avoir gémi sur les malheurs de votre révolution, après avoir été mal compris par plusieurs de ceux qui s'y sont autorisés de mon nom, je suis tenté de sourire, quand on m'entretient de votre régime constitutionnel et de votre gouvernement représentatif. Est-ce que l'on parle décemment de ces choses avec deux ou trois noblesses? Est-ce que l'on administre suivant les lois avec des courtisans de toutes les époques et de toutes les couleurs? Votre vieille cour, toujours semblable à ce qu'elle était quand je tenais la plume, ne voit de gouvernement que dans ses dignités, ses cordons, ses pensions et ses prérogatives. Elle ne sait pas encore ce que c'est qu'une Chambre des Pairs, dont elle fait pourtant partie; et toute la royauté elle-même est à ses yeux, dans le lever et le coucher du roi aux Tuileries, ainsi qu'elle la voyait à Versailles, quand la porte de l'OEil de bœuf était prête à s'ouvrir.

Mais voilà que je me surprends dans des écarts qui ne m'étaient autrefois que trop ordinaires; ils sont excusables dans une lettre; j'y pense tout haut avec vous, mon cher ami, selon ma vieille habitude; et c'est ainsi que je me suis fait haïr des grands qui usurpaient leurs noms, des philosophes qui voulaient de la probité sans religion et de tous nos jongleurs politiques. Si j'écrivais encore, ma destinée serait probablement la même; car vous ne sauriez supposer que je vous passasse vos pères de la foi, qui feront bientôt disparaître parmi vous les restes d'une foi chancelante, vos sermens à la Charte, quand presque personne n'en veut; vos missionnaires qui font du culte sans morale, et du royalisme sans patrie; vos hommes d'état opiniâtres sans prévoyance, et funestes à la liberté, parce qu'ils ne savent pas la manier.

Il faut avouer toutefois que vous ne manquez pas de citoyens dévoués et de riches généreux; je vois de bons germes dans votre jeunesse, mais n'avorteront-ils pas? Vous étiez à la veille d'avoir une armée nationale; espérons qu'on ne se bornera pas à ne vouloir qu'une gendarmerie. Peut-être quelque jour vous parlerai-je de votre

Chambre des députés , elle a droit à mon examen ; mais cette lettre est déjà longue ; qu'il me suffise pour le moment de vous dire , mon cher Stanislas , que vous ne m'avez pas trompé. Vous avez mérité une destitution , et l'on a eu la maladresse de vous en accorder l'honneur (1); Jean-Jacques vous embrasse ; Jean-Jacques vous félicite d'être rendu à la vie privée , jusqu'à ce que , rentrant dans la vie publique , vous puissiez plus tard être utile à votre monarque et à votre pays. Laissez le temps marcher ; père du mouvement physique , il n'est pas étranger au mouvement moral des esprits. Il a reçu sa mission d'un grand maître , et il l'accomplira.

J. J. ROUSSEAU.

De l'île des Peupliers , à Ermenonville , 5 avril 1820.

Réflexions sur l'état du Christianisme en France.

Le combat à mort livré au nouveau régime de la France , par la religion catholique , ou plutôt par un clergé qui ne la comprend guère et qui la défend encore plus mal , ne saurait échapper aux regards. Dans les doctrines professées , comme dans les actes ecclésiastiques , il est patent que le culte et la révolution sont aux prises. Pour éviter les abus de mots , nous déclarons expressément entendre par cette dernière , l'égalité de droits , la liberté légale , l'établissement d'un système représentatif et les *principes ou intérêts moraux*, dont les intérêts matériels de la révolution ne sont que des conséquences ; ce qui est d'autant

(1) Il y a toujours honneur à faire ce que commande la conscience. Le gouvernement a cru devoir destituer M. le comte de Girardin : nous ne jugeons pas ses actes ; mais nous croyons que le préfet , en exerçant, suivant sa pensée , son droit de suffrage , est resté digne de sa propre estime, et qu'il l'eût perdue en se conduisant autrement.

plus essentiel à dire, quant à l'une de ces sortes d'intérêts contestée par nos adversaires, que la concession qu'ils semblent faire de l'autre, est la proscription mentale de ce qui a eu lieu depuis trente ans, et le piége le plus perfide tendu à la liberté.

L'attache des chefs ecclésiastiques à la noblesse de cour et aux familles patriciennes, le séjour de plusieurs en pays étranger, pendant que nous luttions contre les forces combinées de l'Europe, leurs relations de parenté, de sociabilité et d'amour-propre, leurs regrets très-naturels, mais mal calculés, dans leurs effets, d'un pouvoir de fait qu'il convenait de transformer en pouvoir moral, ont déterminé la conduite de presque tous les membres du haut-clergé du royaume. La religion est devenue entre leurs mains un levier politique : on a d'abord essayé de le dissimuler, et ce mot d'ordre n'a été révélé qu'à quelques adeptes, tandis que la masse militante obéissait à une simple impulsion, presque toujours bien accueillie de tout corps jaloux d'établir sa propre prépondérance. On a parlé au nom du Ciel; mais on ne perdait pas la Terre de vue; on a cherché à entrer dans les consciences; mais c'était pour mieux entrer dans le gouvernement du pays; on a tonné contre les vices du siècle, mais dans le dessein de les imputer tous à la révolution, qui (nous le prouverons pour peu qu'on nous laisse tenir la plume), sous le rapport des mœurs, a replacé la société dans une position infiniment supérieure à celle de l'ère ancienne.

Cependant, ces vues, trop promptement annoncées, eussent excité, au défaut de mécontentement, une trop juste défiance : c'est ce que l'on a senti ; c'est à quoi on a cherché des remèdes. Il fallait recueillir les profits de la tentative, sans en courir, du moins ostensiblement, les hasards. Les pères de la foi, ou les jésuites qui, depuis plusieurs années, osent tout en France, si ce n'est reprendre leur nom, se sont présentés. Déjà sourdement établis sur

quelques points du royaume , ils ont offert de le tra-
verser en tout sens , comme *Missionnaires* , c'est-à-dire
comme avant-garde de l'armée croisée contre la liberté
publique. On ne croyait pas leur milice aussi nombreuse ;
elle a semblé sortir de terre ; vous eussiez cru aux dents de
Cadmus. Ses soldats ont paru à la fois dans presque tous les
départemens ; leurs bannières ont été arborées au même
moment à Marseille et à Brest, à Avignon et à Châlons.
Au nom de la paix présente, ils ont réveillé partout le
souvenir de crimes passés ou de fautes dont les auteurs
aspirent à l'oubli. Ne songeant pas que l'Évangile a civi-
lisé le globe, parce qu'il l'a éclairé, ils ont déclamé
contre les lumières, seul et vrai correctif des écarts dans
lesquels pourrait nous jeter une ardeur qui se ressaisit
de droits légitimes. En cela ils ont réclamé les services
obscurs, mais très-réels d'une association immédiatement
placée sous leur dépendance et connue sous le nom des
Frères de la Doctrine chrétienne. Au milieu de ces tra-
vaux, les établissemens de St.-Acheul, de Lyon, d'Auray
et de Paris ne laissaient pas de prospérer, ou, pour s'ex-
primer plus exactement, d'enlever l'instruction de la
jeunesse aux colléges universitaires. Les garnisons de ces
quatre grandes places fortes ont suffi à la fois aux nom-
breux détachemens répandus dans les provinces qui en-
treprenaient, dans un sens retrograde, l'éducation du
peuple, tandis que le dépôt sédentaire des régimens se
chargeait de celle des enfans de famille soustraits à l'éducation commune. Ces choses sont vraies, sont positives,
et nous oserions, à leur appui, réclamer le témoignage
imposant de M. le président de la commission de l'instruction publique de France. Au bespin, nous somme-
rions l'honorable M. Royer-Collard, qui a lutté avec courage contre ces envahissemens, de déclarer si, vaincu
dans tous ses efforts, pénétré de leur impuissance, il n'a
pas cru devoir à son honneur de s'éloigner d'un poste,

dont il ne lui était plus permis de remplir les fonctions les plus essentielles ?

Le mouvement communiqué, par ces auxiliaires hardis, à quelques portions de la population prises dans ses deux extrémités, qui s'y prêtaient l'une par calcul, l'autre par ce simple entraînement dont est suivi tout ce qui se présente avec un caractère religieux, a ébranlé la masse du clergé français. De là sont résultés tant d'actes que le bon ordre réprouve et que le christianisme lui-même désavoue, tels que des refus de sacremens, ou la contrainte de les renouveler, contrainte contradictoire aux brefs du Pape; car nos évêques et leurs vicaires se montrent aujourd'hui moins tolérans que Rome elle-même. Les refus d'inhumation se sont multipliés avec un scandale, affligeant, s'ils ont été provoqués par un esprit de parti qui ne devrait pas se réfugier au fond du sanctuaire, quand la société cherche à s'en garantir; et blâmable encore, s'ils sont motivés par l'irréligion des mourans, puisque, dans ce dernier cas, il conviendrait de jeter un voile de charité et de prudence sur des faits qui ne peuvent que nuire à la vie morale des peuples. Nous nous proposons de développer, dans un article spécial, ce qui concerne les inhumations. Nous tâcherons même de l'offrir, sans longs délais, à nos lecteurs; car nous croyons qu'à cet égard les pasteurs du culte catholique, lors même que les brebis ont été le plus égarées, commettent un véritable contre-sens.

Cette marche, en semant les inquiétudes, a trouvé des résistances. Une religion qui a cessé d'être amie de ce qui est conquis, établi et consacré, a vu s'armer contre elle tout ce qui tient, d'intérêt ou de sentiment, à ce qui est établi et consacré. Placée entre la nécessité de devenir contre-révolutionnaire ou sans culte, la société a opté. On lui a demandé le suicide, et malheureusement elle a répondu par une impiété extérieure. Cela ne pouvait se passer autrement : la première loi est de vivre. « Je suis le dieu des vivans et non celui des morts, » a dit et répété le créateur du genre humain. Demander des sacrifices impossibles, c'est vouloir n'être pas écouté. Où le cœur et la raison refusent, la seule hypocrisie fait des promesses.

Ainsi le corps social de France a présenté un spectacle bien extraordinaire : un Roi, digne petit-fils de Henri IV, noble imitateur de Louis XII, consacrant, par un acte solennel, les libertés naissantes de son peuple et un clergé cherchant à les détruire ; une Chambre discutant et régularisant, avec les délégués de son monarque, les beaux principes de la liberté et de l'égalité légales, et, d'un autre côté, des docteurs les frappant, dans les temples, du sceau de l'illégitimité ; une nation organisant l'instruction publique dans le sens de ses institutions et une compagnie enseignante qui lui dérobe ses propres enfans, pour les élever dans la haine des lois ; une tribune relevée, de la main même du Prince, pour la défense des droits populaires, en première ligne desquels marche la tolérance religieuse, et une chaire improprement nommée évangélique, où l'anathème sort à chaque instant de la bouche de l'orateur, non-seulement contre la liberté des opinions religieuses, mais même contre celle des opinions politiques ; un pardon généreux proclamé dans la charte, et des paroles d'aigreur et de haine dans les mandemens ; en deux mots la révolution partout dans l'État et la contre-révolution dans l'Église.

N. B. Nous ignorons si la Commission de Censure persistera à repousser nos articles sur la Morale publique et religieuse ; comme nous pensons qu'ils seraient de quelque utilité, nous nous proposons de continuer ce travail, et, quand il sera fini, d'en réunir les fragmens en une seule brochure.

A PARIS, DE L'IMPRIMERIE DE A. BELIN.

www.ingramcontent.com/pod-product-compliance
Ingram Content Group UK Ltd.
Pitfield, Milton Keynes, MK11 3LW, UK
UKHW020159080726
13614UKWH00006B/2584